Benedikte Naubert

Die weiße Frau

Verone

Benedikte Naubert

Die weiße Frau

1st Edition | ISBN: 978-9-92500-165-1

Place of Publication: Nikosia, Cyprus

Erscheinungsjahr: 2016

TP Verone Publishing House Ltd.

Benedikte Naubert

Die weiße Frau

1792

Auf dem Schlosse Neuhaus in Böhmen lebte zu Ende des sechzehnten Jahrhunderts, oder zu Anfange des siebzehnten, ein alter reicher Baron, dermahlen einiger Besitzer der rosenbergischen Güter, in welche sich nach seinem Tode eine Menge von Enkeln und Urenkeln, Vettern und Schwägern teilen sollten, die zum Teil nicht sonders bemittelt waren. Dem ungeachtet rechnete ihrer keiner auf das Ableben des alten Herrn, denn der Baron liebte die ganze Sippschaft, als wenn sie alle seine Kinder gewesen wären, und ward hinwiederum von ihnen wie ein Vater geliebt. – Es war seit zwanzig Jahren, so lang er Witwer war, Herkommens bei ihm, dass allemal um Osterzeit sich alle Neuhause und Rosenberge mit ihren Kindern auf seinem Schlosse versammelten, um daselbst drei bis vier fröhliche Wochen zu verleben und denn wohl beschenkt von dannen zu ziehn. Die alte Burg war weit genug sie zu fassen, und Baron Mathias reich genug sie zu bewirten und zu begaben.

Herr Mathias war ein munterer jovialischer Herr, der noch in den achtzigen die Freude liebte, und sie gern an seinen Kindern sah, das wussten sie, und jedes fröhliche Fest, das in der Familie vorfiel, wurde auf die Osterzeit verspart, um zu Schloss Neuhaus, unter den Augen des gemeinschaftlichen Vaters gefeiert zu werden. Binnen dieser Zeit geborne Kinder wurden bei dem großen Familienbesuch dem guten Greis zuerst vorgestellt. Jüng-

linge, die vom Heer kamen oder zum Heer zogen (–
denn alles trug Waffen, was unter den Männern den
Familiennamen führte) – wurden unter des Barons Augen feierlich bewillkommt und entlassen, auch manche
Verlobung und Hochzeitfest wurde gefeiert, denn unter
den jungen Vettern und Muhmen gab es immer Liebes-
bündnisse, und viele derselben schrieben sich eben von
dem Osterbesuch her, da oft Jünglinge und Mädchen
von der Familie sich zu sehen bekamen, die einander
sonst nirgend unter so günstigen Umständen getroffen
haben würden.

Der alte Herr sah es ungemein gern, wenn die jungen
Zweige seines Stammes sich wieder miteinander verflochten, doch war er auch kein Feind anderweitiger
Verbindungen. Trug ein Männlein oder Fräulein seines
Hauses Neigung zu einem würdigen Gegenstand, außer
den Grenzen der Familie, so war der fremde Einkömm-
ling herzlich willkommen; er brauchte weder große Güter zu haben, noch hatte er eine allzu strenge Ahnenpro-
be auszustehen. Bei den Frauen war Sittsamkeit und Tugend und bei den Männern Edelmut und Tapferkeit hin-
längliche Empfehlung in den Augen des Barons, und oft,
gar oft wurde von dem Gericht der strengern Väter und
Mütter an ihn appelliert, ein Schritt, der nie ohne gute
Folgen war.

Ein junges Fräulein, Namens Bertha von Neuhaus, be-
fand sich diesesmal in einem solchen Falle. Sie war dem
alten Herrn nur im dritten Grade verwandt, aber ihm
wohl so lieb als seine leiblichen Enkel und Urenkel.
Nicht sowohl persönliche Vorzüge gaben der blonden
Bertha diesen Vorzug, ungeachtet sie ein recht gutes

schönes Mädchen war, sondern ein ganz kleiner Umstand, zu dem sie eigentlich nichts beigetragen, für welchen sie nur ihrem Glück zu danken hatte.

Ihre Mutter hatte vor siebzehn Jahren den klugen Einfall gehabt, ihr Wochenbette gerade um Osterzeit, in den Tagen des Familienbesuchs, zu Schloss Neuhaus aufzuschlagen. Ein solches Fest war in den Mauern des alten Herrn seit der Geburt seiner eigenen Kinder nicht erhört werden. Nichts war mit seiner Freude und Geschäftigkeit zu vergleichen, er setzte sich in seine bessern Jahre zurück, wollte, da er des Kindleins Vater nicht war, wenigstens seine Pate werden und schwur, wenn es ein Knabe war, es den Kindern seiner Söhne gleich zu erziehen. – Leider war es nur ein Fräulein, und der vorteilhafte Schwur ging verloren, doch war auch sie ihm lieb und wert, das zeigte schon der Name Bertha, den er ihr gab; eine Benennung, die in dieser Familie von alters her eine sonderbar heilige Deutung gehabt hatte.

Diese kleine Bertha, Baron Mathias' Pate und Liebling, war jetzt, wie gesagt, siebzehn Jahr, und wollte sich verheiraten; ihre Wahl – doch ein Fräulein ohne Mittel und ohne mächtig hervorstechende Reize, hat nicht viel zu wählen, also, ihre Liebe war gefallen auf Herrn Petern von Wock, einen ganz neuen Edelmann, der sich seinen Adel erst in dem kürzlich geendigten Religionskriege erkämpft hatte, und der vonseiten des Vermögens so sehr hinter den Wünschen der Eltern Berthens zurückstand, als vonseiten der Herkunft. Der junge Offizier, der seine Gewählte innig liebte, besaß nichts als ein kleines Gut an der böhmischen Grenze, das ihn allenfalls fähig machte, seine Bertha standesmäßig zu unterhalten, wenn sie ihre Wünsche so einschränkte, wie er die Seinigen, und fortfuhr Wirtlichkeit und Stille zu lieben.

Sie mögen sich heiraten, in Gottes Namen! Sagte der alte Herr, als ihm die Sache von den zweifelnden Eltern zur Entscheidung vorgelegt wurde, sie mögen sich heiraten, und künftige Ostern ist die Hochzeit auf meiner Burg.

Diese erwünschten Ostern waren erschienen. Fräulein Bertha und ihr Bräutigam hielten ihren Einzug auf dem Schlosse; der Vermählungstag ward auf übermorgen angesetzt, aber die erste Nacht, da der junge Held hier zur Ruhe ging, ward er von einer Krankheit befallen, die seinem Leben ein schnelles Ende machte. An eben dem Tage, der zur Vollendung seines Glücks angesetzt war, schloss er seine Augen auf ewig, und Bertha weinte verzweifelnd an seiner Bahre. Sie verlor mit ihm alles; die Liebe ihrer Verwandten hatte sie durch ihre standswidrige Wahl verscherzt, und es war wenig Hoffnung übrig, dass sie dieselbe, obgleich der unglückliche Gegenstand des Zwists nun nicht mehr war, wieder erlangen würde. Machte man ihr doch schon ihre Tränen um denn Verblichenen zur Sünde, und höhnte sie, dass sie sich als Braut in den Witwenschleier verhüllte.

Baron Mathias hatte Mitleid mit der unglücklichen Bertha, er sah, wie elend sie in Zukunft im Kreis ihrer Verwandten sein würde, und beschloss, sie bei sich zu behalten. Ich werde alt, sagte er, Gäste sieht mein Schloss nicht immer, und brauche ich gleich keine Haushälterin, da mein Hauswesen gar wohl versorgt wird, so brauche ich doch eine gute Gesellschafterin, die mir die Zeit mit Gesprächen kürze, mir den Wein in meinen Becher schenke, mich in Krankheit pflege, und geht es mit mir zum Tode, mit mir bete und um mich weine; Bertha wird sich zu dem allen recht wohl schicken, und so sie will, bleibt sie bei mir.

Unter den Verwandtinnen des alten Herrn waren auf diese Äußerung wohl zwanzig, die sich zu den nämlichen Diensten erboten, aber es blieb bei der Wahl, und Bertha blieb gern auf dem Schlosse; seine Einsamkeit war ihr lieb, ihr Kummer suchte Raum, sich in heilenden Tränen zu ergießen, und wo hätte sie diesen besser finden können als hier, wo niemand ihre Klagen höhnte, wo Flur und Hain, Wald und Gebirg sie aufnahmen, wenn das melancholische Schloss ihr zu enge ward. Hier musste sich, wenn alles den gewöhnlichen Gang ging, ihr Gram bald in jene süße wohltuende Schwermut verwandeln, welche ein fühlendes Herz für keine Freude tauscht.

Als man sah, wie wohl sich das Fräulein in den Wunsch des Barons schickte, so versammelten sich einige Basen und Schwägerinnen um sie, um ihr zum Abschied noch allerlei – vielleicht Verhaltungsregeln für die Zukunft – ins Ohr zu raunen, aber der alte Herr hinderte das; – was sie nicht weiß, sagte er deutungsvoll, das ist ihr auch nicht not zu wissen, vielleicht, dass sie nie, oder erst bei meinem Tode in den Fall kommt, es zu erfahren.

Bertha verstand oder hörte dieses nicht, und an spitzfindiges Grübeln war bei ihrer frommen truglosen Seele nicht zu denken. Sie begann ihren einförmigen Lebenslauf, den sie größtenteils auf ihrem Zimmer führte, außer des Mittags und des Abends, wenn sie an der Tafel des guten Barons präsidierte, und mit Hintansetzung ihres eigenen Kummers strebte, durch gute Laune seinen Wein zu würzen. – Um die Wirtschaft hatte sie sich nicht zu bekümmern, denn diese war, wie der Baron ja selbst sagte, gar wohl versorgt; sie kannte kaum die Hälfte seines Schlossgesindes, das sehr zahlreich war, und seine Besucher vollends gar nicht.

Es geschah zuweilen, dass der muntere Greis, der in den Achtzigen erst zu merken begann, dass er alt werde, große Gesellschaft bei sich sah. Er und seine Tafel waren sehr beliebt bei dem benachbarten Adel, auch machte der Stand und das Ansehen, das er im Königreich behauptete, dass er oft Besuch aus Prag erhielt, und dass wohl fürstliche Personen bei ihm einsprachen; aber denn hatte die sittsame Bertha allemal Vergunst auf ihren Zimmern zu bleiben, wo der Spinnrocken und die Sticknadel, die wenigen Bücher, die damals ein Fräulein zu lesen pflegte, und ihre Laute ihr die Stunden geschwind genug vertrieben.

Bertha war eine Meisterin auf diesem Instrument, sie nützte es oft den bösen Geist zu vertreiben, wenn er in den Schmerzen des Podagras über den Baron kam, und eben so oft brauchte sie es zu ähnlichem Entzweck, wenn ihr in der Einsamkeit der Gram zu mächtig ward, und das Bild des verlornen Geliebten zu lebhaft vor ihrer Seele emporstieg. Eines Abends, als beim Baron wieder große Gesellschaft war, und Bertha auf ihrem einsamen Zimmer wechselweise weinte und lautenierte, klopfte ein leiser Finger an die Tür; sie stand auf zu öffnen, und siehe, eine feine ältliche Frau stand draußen, die sie mit ihrer gewohnten Freundlichkeit hereinnötigte; sie sah sie heute nicht zum ersten Male, oft bei ihren einsamen Spaziergängen durch den Schlossgarten, oder wenn sie in den weiten Galerien der Burg umher ging, war sie der Matrone begegnet, und hatte sie, wegen des reinlichen weißen Anzugs und des großen Bunds Schlüssel an der Seite, für die Oberaufseherin der wohlbestellten Wirtschaft des Barons gehalten; eine gegenseitige höfliche Verbeugung erfolgte denn allemal, aber gesprochen hatte man sich noch nie.

Die Matrone hatte in ihrem Gesicht für Berthen etwas gefälliges. Die Züge des Alters und einer sanften Schwermut hatten Reste ehemaliger Schönheit nicht ganz verwischen können; ihre Kleidung war äußerst simpel, und, wie gesagt, ganz weiß, aber der Schnitt derselben, und die Art, womit sie getragen wurde, zeigte doch, ob beides gleich ein wenig altmodisch war, nicht von gemeinem Stande, auch ließ es sich denken, dass ein Mann, wie der Baron, keine geringe Frau zur Haushofmeisterin würde gewählt haben, und dies musste nach Berthens Vorstellung die Unbekannte nun einmal sein, die jetzt an ihrer Tür stand, und von ihr herein genötigt wurde.

Die Fremde weigerte sich ein wenig, bis Bertha ihre Hand ergriff, und sie über die Schwelle zog.

O keine Umstände, rief sie, keine Umstände, liebe Frau wie nennt Ihr Euch? –

Bertha, Fräulein!

Liebe Frau Bertha, also! – Eure Hände sind kalt; hat mein Spiel, wie ich hoffe, Euch herbeigezogen, so müsst ihr es nicht vor der Tür, sondern in meinem Zimmer hören.

Wer klopft, begehrt Einlass! Antwortete sie lächelnd. Recht wohl! Also ein zugedachter Besuch! Ihr seid mir willkommen! Ich hoffe Euch öfter zu sehen, ich bin gern einsam, aber die Gesellschaft einer guten Matrone, wie Ihr, wird mir immer erwünscht sein.

Frau Bertha lächelte, stellte sich hinter einen Stuhl, und deutete auf die Laute, welche das Fräulein von Neuem ergriff und zu spielen begann, aber das Stück war noch nicht halb geendigt, so bewegte sich die Besucherin nach der Tür, machte gegen ihre junge Namensschwester eine verbindliche Bewegung mit der Hand, und verließ das Zimmer.

Dergleichen abgebrochene Besuche bekam das Fräulein sehr fleißig, aber zu ihrem größten Kummer wurde wenig, oft auch gar nichts dabei gesprochen, und die Laute, welche die Matrone gern zu hören schien, ob sie gleich selten ein ganzes Stück auswartete, musste immer die Hauptrolle spielen. Die junge Bertha sprach gern und hätte wohl der geglaubten Wirtschafterin ihres Verwandten etwas mehr Redseligkeit gewünscht; doch das geschäftige Klirren mit den Schlüsseln, das allemal ihre Ankunft verkündigte, und wenn sie schied, allemal noch lang hinter ihr hörbar war, überredete das Fräulein, sie habe zu viel zu tun, um die Geschwätzige zu machen, auch war es ja vielleicht möglich, dass der alte Herr, der auch seine Eigenheiten hatte, das Verkehr seiner Leute mit seiner Verwandtin nicht gern sah, und dass diese Besuche im eigentlichen Verstande nur heimlich abgestohlen wurden; eine Ursach, warum Bertha nie ein

Wort von demselben gegen ihn oder irgendjemand erwähnte.

Die Matrone ward dem Fräulein nach und nach so lieb, dass sie sie oft mit ihrer Laute herbeizulocken suchte, und missmutig ward, wenn sie, wie oft geschah, nicht erschien; kam sie denn und stellte sich hinter den Stuhl an der Wand – sie setzte sich nie – so unterbrach die junge Bertha ihr Spiel oft, um die oder jene Frage an sie zu tun, welche meistens bloß durch Pantomime beantwortet wurden. Zum Beispiel: Es ist doch artig, Frau Bertha, dass ich mit Euch einerlei Namen führe.

Eine Bewegung mit der Hand, als wollte sie sagen, die Ähnlichkeit ist nach meinem Geschmack.

Eure Geschäfte sind groß! Ihr seht mich so selten.

Ein leises Klirren mit den Schlüsseln, als Bejahung der Sache.

Es lässt fast, als sollten Eure Besuche eine Heimlichkeit sein? –

Der auf den Mund gelegte Zeigefinger, bejahte die Vermutung. –

Ihr habt so eine schwermutsvolle Miene, Eure Farbe ist so blass, Ihr seid wohl nicht glücklich!

Ein tiefer Seufzer und ein Blick nach dem Himmel.

Einstmals fragte das Fräulein mehr, als sie bisher noch getan hatte. Liebe Frau Bertha, sagte sie, Ihr habt einen so edeln Anstand, Ihr könnt unmöglich eine gemeine Person sein.

Ich bin eine geborne von Rosenberg.

O, dies ahndete mein Herz! Schrie Bertha feurig, erlaubt, dass ich meine Verwandtin umarme!

Die Matrone trat zurück.

O Ihr zürnt mit mir! Ihr entzieht euch meiner Vertraulichkeit, die ich nun, da ich Euch kenne, Euch so gern ganz schenken möchte! Wie viel hätte ich Euch zum Beispiel nur zu fragen, da ich weiß, dass Ihr zu unserm Hause gehört? Die Geschichte der alten Herrn von Rosenberg soll so seltsam sein, wie viel könnte ich durch Euch erfahren!

Frau Bertha zog sich hier nach der Tür und winkte dem Fräulein, ihr zu folgen.

Der Weg ging durch eine Menge schallender Galerien in einen Flügel des Schlosses, der der jungen Bertha ganz unbekannt war. Sie standen an einer großen doppelten Flügeltür. Die Matrone suchte in dem Bund an ihrer Seite nach dem Schlüssel, der hier öffnen sollte; er war gefunden. Schon drehte er sich dreimal im Schloss, da schlug es zwölf Uhr, die Kerze in der Hand des Fräuleins verlosch, und es war rund um dicke Finsternis.

Welcher verdrüssliche Zufall! Rief sie, was sollen wir nun beginnen? Eure Hand, Frau von Rosenberg! Ohne Zweifel seid Ihr hier besser bekannt als ich! – Aber es streckte sich keine leitende Hand nach der Hand der armen Bertha aus, und das entfernte Klirren der Schlüssel sagte ihr, dass sich die Matrone entfernt habe.

Bertha war nicht ohne Unwissen gegen ihre Verwandtin, doch enthielt sie sich lauter Äußerung desselben. Unhöflich, sagte sie bei sich selbst, indem sie im Dunkeln nach dem Rückweg tappte, unhöflich ists doch in der Tat,mich in der Finsternis zu verlassen; doch vielleicht ist sie nach Licht gegangen. Frau Bertha! Frau Bertha! Soll ich hier Eurer warten?

Nichts antwortete als der Widerhall! Das Fräulein harrte ein wenig, ließ noch einige Mal den Namen der Matrone ertönen, ward denn ungeduldig, und half sich, weil sie ein kleiner Schauer überfiel, am Ende so gut sie vermochte, auf ihr Zimmer zurück. Es schlug Eins, da sie es endlich erreichte, die zurückgelassene Kerze war im Verlöschen, sie warf eilig ihre Kleider von sich und ging zu Bette.

Und was sie nur mit dem ganzen Spaziergange haben wollte? Fragte sie sich nach einer Weile, als das Pochen ihres Herzens ein wenig nachließ. Doch halt! Ich fragte nach den alten rosenbergischen Geschichten, ich habe viel von einer Bibliothek, von einem Archiv im südlichen Flügel des Schlosses gehört, ohne Zweifel hat sie auch dazu den Schlüssel, und wenn der fatale Umstand mit dem verloschenen Licht nicht gewesen war, so könnte ich mich jetzt in voller Befriedigung meiner Neugier befinden – Nun was heute nicht glückte, geschieht ein andermal. Wenn sie wiederkommt, werde ich meine Bitte erneuern, und ihr nichts von meinen Unwillen merken lassen, damit ich sie nicht erzürne.

Bertha schlief ein, und verträumte eine ganze Nacht unter Bildern von alten Manuskripten, und Vorstellungen von seltenen unerhörten Geschichten, davon sie eine besondere Freundin war. Des andern Tages harrte sie bis zur Abendstunde, da die Matrone immer zu erscheinen pflegte, sie nahm die Laute, sie sang, sie psalmodierte auf das Künstlichste; kein leises Klopfen wurde gehört, kein Besuch ließ sich sehen.

Am andern und dritten Tage, und in sechs drauf folgenden, ward jeder Winkel des Gartens, jeder Teil des Schlosses durchstrichen, wo ihr sonst die rosenbergische Frau Muhme begegnet war; niemand ließ sich sehen, und sie würde gedacht haben, der Baron hätte seinem Hauswesen eine andere Aufseherin gegeben, wenn sie nicht gewusst hätte, dass dergleichen Änderungen hier nie gemacht wurden, und dass Herr und Diener auf Schloss Neuhaus sich nie anders, als durch den Tod trennten.

Auf einmal kam ihr der Gedanke, die Matrone könne wohl krank sein, und wie gern hätte sie gefragt, wenn sie nur gewusst hätte, ob sie die Bekanntschaft mit einer Person dürfte merken lassen, deren Besuche, sie mochte sie beherzigen, wie sie wollte, so viel Verstohlnes und Geheimnisvolles hatten. Sie begnügte sich am Ende mit der allgemeinen Frage, ob jemand auf der Burg krank sei, und fühlte sich durch die Antwort, Nein! Befriedigt.

Ein anderer Wunsch beunruhigte sie jetzt mit gedoppelter Stärke, die Begierde nach dem Innersten jenes Saals, an dessen Tür sie die Matrone vor neun Nächten geführt hatte. Sie kommt nicht, sagte sie zu sich selbst, ihr angefangenes Werk auszuführen, und ich sehe nicht, was mich abhält, die Befriedigung meines Verlangens vom Baron zu erbitten.

Mein Oheim, sagte sie Tags drauf zu ihm, als nach der Mahlzeit ihn der Wein fröhlich machte. Solltet Ihr wohl glauben, dass Eure Bertha zu Zeiten lange Weile hat?

Gar gern, mein Kind! In deinen Jahren keinen andern Zeitvertreib, als den Spinnrocken, die Nadel und einige Bücher? – Du bist ein Phönix, wenn du dich lang bei denselben erhalten kannst.

Ich werde es können; nur jetzt gibt es eine kleine Lücke in meinen Beschäftigungen. All mein Flachs ist versponnen, all meine Tapetenarbeit geendigt, all meine Bücher zum zehnten Mal hindurch gelesen –

Gedulde dich, es ist ein großes Fest vor der Tür, bei welchem du diesmal nicht fehlen darfst, weil du, als die einige gegenwärtige Dame von unserm Hause, hier schlechterdings die Wirtin machen musst! Dies wird eine kleine Abänderung in die Einförmigkeit deines Lebens bringen, und –

Ach nein, mein Oheim, ich hasse die Gesellschaft, ich mag niemand sehen!

Die Gäste werden dir gefallen, es sind deine alten Freunde, die Armen!

Bertha wusste wohl, dass ihr ehrwürdiger Verwandter den Armen alle Jahr eine große Mahlzeit gab, bei welcher jedes Mal eine rosenbergische Dame als Wirtin präsidierte; die Sache gefiel ihr, sie hatte sich immer diese Rolle gewünscht, und sie dankte ihrem Oheim mit einer tiefen Verbeugung für die zugedachte Ehre, aber dies war doch eigentlich der Punkt nicht, wohin sich ihre Gedanken jetzt am meisten lenkten. Sie wünschte zu Vertreibung der vorgeschützten Langeweile Zutritt in dem rosenbergischen Archiv und wagte es endlich kühnlich, darum zu bitten, da es das Ansehen hatte, als wenn die Hüterin der Schlüssel sie, und die in ihr erregte Neugier ganz vergessen hätte.

Der Baron lachte ihres Begehrens. Schade, sagte er, dass du kein Knabe bist! Ein Mönch ist an dir verdorben, weil du so gern in dem Staube von alten Manuskripten wühlest! Hier ist der Schlüssel, warum sollte ich dir die Freude versagen, das Haus zu kennen, aus dem du entsprossen bist! Du wirst alles in einiger Verwirrung finden, weil ich das letzte Mal, da ich dort nach einigen Familiennachrichten suchte, durch ein kleines Schrecken aufgejagt wurde; könntest du den Geist der Ordnung, der dir eigen ist, in meine Pergamente übertragen, so würde ich dir danken; doch tue mir den Gefallen, und arbeite nie in der Mittagsstunde; du weißt, dass ich meine Mahlzeit nicht gern verschieben lasse, noch des Nachts; es ist wegen Feuersgefahr! Die übrigen Stunden sind sicher, tue in denselben, was dir gefällt.

Bertha verstand nicht die Hälfte von dem, was ihr Oheim sagte, auch war es vermutlich eben seine Meinung nicht, dass sie ihn ganz verstehen sollte, sonst würde er deutlicher gesprochen haben. Sie nahm den Schlüssel, küsste die Hand des Greises, und hüpfte davon.

Sachte, sachte, Bertha! Rief er ihr nach, du wirst dich nicht zurechtfinden, der Büchersaal ist in einer Gegend der Burg, da du noch gar nicht gewesen bist. Nimm einen von den Leuten mit dir, und noch eins, gehe nicht in das südliche Nebenkabinett, wenn ich nicht selbst dabei bin, ich will schon einmal Gelegenheit nehmen, dich bei deinen gelehrten Arbeiten zu besuchen.

Bertha, die stehen geblieben war, antwortete mit noch einer Verbeugung und verschwand. Von den Leuten nahm sie niemand mit sich, sie konnte sich schon allein an dem Ort zurechtfinden, den sie nicht, wie ihr Oheim meinte, heute zum ersten Mal betrat.

Ein wenig wunderte sie sich, als sie die äußersten Türen zu den Sälen und Galerien, durch die man gehen musste, und die in jener Nacht alle offen waren, verschlossen fand; doch der Schlüssel eröffnete jedes Schloss, und jetzt stand sie vor der doppelten Flügeltür, wo vor neun Tagen beim zwölften Glockenschall die Kerze verlosch, die rosenbergische Matrone ihr von Händen kam, und ihre Neugier getäuscht ward.

Sie schloss auf; ein großer Saal öffnete sich ihr, viel zu geräumig für die kleine Anzahl Bücher, die an den Wänden aufgestellt waren, und ihm den Namen der Bibliothek, oder sich des Ausdrucks jener Zeiten zu bedienen, der Librarey gaben; doch einige Hundert Bände waren in den damaligen Zeiten schon eine große Sammlung für einen Edelmann, mancher Abt würde damit zufrieden gewesen sein. Die neugierige Bertha warf jetzt ihre Augen nicht auf diese Vehikel der Weisheit und Torheit ihres Jahrhunderts, sondern eilte nach dem großen Tisch von Eibenholz mit gedrehten Säulen, der in der Mitte stand, und auf welchem sie, wie ihr der Baron gesagt hatte, alles aufgetürmt finden sollte, was zur Familienkunde gehörte, und was sie, das war der Wille des Greises, fein ordentlich wieder in das vergoldete Wandschränkchen legen sollte, dessen beide Türen offen standen, und aus welchen es genommen war.

Der Oheim muss sehr eilig gewesen sein, als er dieses Zimmer zuletzt verließ, sagte Bertha, indem sie einen großen silbernen Leuchter von der Erde aufhob, über den sie bald gefallen war. Welche Unordnung! Welcher Staub! Hier scheint in Jahren niemand gewesen zu sein! Und die Haushälterin hatte doch den Schlüssel, und er ging ihr so leicht in dem Schlosse herum, da ich es vor Rost kaum zu öffnen vermochte!

Bertha begann in den Pergamenten zu wühlen; eine endlose Arbeit, die ihr noch dazu wenig Vergnügen gewährte, denn sie stieß zu anfangs auf nichts als alte Stammbäume, Schenkungsbriefe, Verträge, Kontrakte, und eine Menge andre Dinge, die zwar sichere Belege von dem Reichtum und dem Adel ihres Hauses waren, sie aber nicht sonderlich interessierten. Nahrung für ihre Neugier suchte sie, sie hatte schon auf dem Schoss ihrer Amme so viel von den sonderbaren Geschichten der alten Herrn von Rosenberg gehört, dass sie gern hier mehr erfahren hätte; sie sah sich getäuscht und hätte vielleicht das ihr übertragene Amt, als rosenbergische Archivarin augenblicklich aufgegeben, wenn sie sich nicht des vor ihrem Oheim, der ohne dem ihres Einfalls spottete, geschämt hätte. – Sie fasste endlich den Entschluss, alles Stück vor Stück zu mustern und zu ordnen, und ging rüstig ans Werk. Sieben Tage dauerte die Arbeit, denn sie übernahm sich nicht in derselben; der Baron war sicher, dass keine der verbotenen Stunden sie in seiner Librarey fand. Sie fand zu wenig von dem, was sie suchte, als dass sie hätte emsig sein sollen. Der Baron fragte oft nach dem Fortgang ihrer Geschäfte und lachte herzlich, wenn er ihre Unzufriedenheit merkte.

Für den achten Tag war es aufbehalten, ihr bessere Genüge zu leisten. Sie hatte den ganzen Vormittag gearbeitet, um endlich der verdrüsslichen Arbeit quitt zu werden. Das goldene Wandschränkchen füllte sich mit wohlgeordneten Urkunden, der Tisch ward leer, da stieß sie auf einige dicht beschriebene Blätter, die nichts minders enthielten, als jene berufene Mär, die vor Kurzem der heutigen Welt unter dem Namen einer Geschichte der Grafen von Rosenberg ist ans Licht gestellt worden; sie erzählten umständlich die Abenteuer eines alten Familienschlosses im Böhmerwalde, und fesselten die aufgeregte Fantasie des Fräuleins so sehr, dass sie zum ersten Mal vergaß, dass es Mittag war, und man bei der Tafel auf sie wartete.

Es schlug zwölf, die Tür, durch welche sie hereingekommen war, ging auf, die emsige Geschichtsforscherin sah in die Höhe, die rosenbergische Haushälterin, welche eben eingetreten war, strich eilig durch den Saal bei ihr vorbei nach dem südlichen Kabinett.

O Frau Bertha! Schrie das Fräulein, indem sie aufsprang, auf sie zuzugehen, sehe ich endlich Euch wieder? Fürwahr ich glaubte –

Die Matrone ließ sie nicht ausreden. Es hat zwölf geschlagen! Sagte sie, indem sie auf die Türe deutete. Es war so etwas gebietendes in dem Winke, dass die junge Bertha augenblicklich gehorchte; sie machte eine Verbeugung, und ging in dem nämlichen Augenblick zur äußern Tür hinaus, da die Frau Base durch die innere verschwand. Ein Zugwind pfiff ihr nach, der ihr die Tür aus den Händen riss, und sie krachend zuschloss.

Ein wenig bestürzt, sie wusste selbst nicht warum, langte sie im Tafelzimmer an. Der Baron, der bereits hinter seinem Stuhl stand, und den dampfenden Schüsseln entgegen sah, drohte mit aufgehobenem Finger, und sagte, sie habe lang auf sich warten lassen. Ist dir niemand von den Leuten begegnet? Fuhr er fort, ich hatte bereits nach dir geschickt.

Ich sah niemand als die Haushälterin, mein Oheim!

Die Haushälterin? Was meinst du?

Die ansehnliche ehrbare Frau mit den Schlüsseln, sie soll, glaub' ich, eine von Rosenberg sein.

Der Baron ward bleich, und klirrte mit dem Löffel auf den Teller.

Eine so nahe Base! Fuhr das Fräulein fort, und nichts weiter, als Ausgeberin! Es bekümmerte mich heute ordentlich, an die Tafel zu gehen, wo ihr so wohl eine Stelle als mir gebührte!

Bertha, hast du noch nicht gehört, dass man von Dingen nicht urteilen muss, die man nicht versteht?

Bertha schwieg und errötete – auch der Baron sprach die ganze Mahlzeit über kein Wort, er war still und nachdenkend. Als man sich erhub, forderte er von dem Fräulein den Schlüssel zur Bibliothek zurück.

Nur noch einige Tage, mein Oheim, bat sie, und ich hoffe, ganz fertig zu sein!

Mädchen! Mädchen! Erwiderte er, du wirst das Ding noch so lang treiben, bis dir etwas begegnet, das ich dir nicht gönnen wollte! Hüte dich vor allen vor der Nacht! Du kannst dir ja, was deine Neugier so lebhaft reizt, auf dein Zimmer nehmen. Bertha gehorchte. Sie nahm die furchtbare Geschichte von dem abenteuerlichen Schlosse mit sich in den Garten und las den ganzen Nachmittag bis zur Abendmahlzeit, die sie dieses Mal, weil Gäste vorhanden waren, auf ihrem Zimmer hielt. Als auch der Rest geendigt war, machte sie sich auf, das Manuskript wieder an Ort und Stelle zu bringen.

Es war zur Zeit der schönsten und längsten Tage, das Licht in ihrer Hand war ihr bei der hellen Dämmerung fast unnötig, dennoch ließ sie es brennen, setzte es auf den großen Tisch in der Bibliothek, und nützte es, als sie unter dem Hin- und Herwerfen der übrigen Papiere noch etwas fand, das sie aufmerksam machte, die beiden großen Wachskerzen, deren eine sie beim ersten Eintritt in diesen Saal auf dem Boden gefunden hatte, anzuzünden; und sich bei der zunehmenden Finsternis helleres Licht zu machen.

Das was sie jetzt vor sich hatte, fesselte ihre Aufmerksamkeit ganz; erst hatte sie stehend gelesen, mit dem Entschluss, sich gleich nach Endigung des nächsten Abschnitts zu entfernen, jetzt machte sie sich es bequem, setzte sich in den großen Armstuhl, schnäuzte die sämtlichen Kerzen, und las und las ohne Aufhören, bis ein Gestirn nach dem andern über den Horizont herauf kam, und die Nähe der Mitternacht verkündigte. Bertha fand hier mehr Nahrung für den Geist als in der Fabel, mit welcher sie sich diesen Nachmittag beschäftigt hatte. Sie hatte von Kindheit auf, ihrem abergläubigen Zeitalter zum Trotz, nicht viel von Märchen gehört, daher ihre gänzliche Unbekanntschaft mit der Ideenwelt, daher ihre gänzliche Furchtlosigkeit bei Ereignissen, die sie schon belebt hatte, und die einer andern als ihr, wohl einiges Nachdenken, wohl einigen Schauer hätten erregen können.

Was zu sehr das Gepräg der Fabel trug, das behagte ihr nicht ganz, wenn es auch ihre Fantasie auf einige Stunden fesseln konnte. Hier fand sie Wahrheit. Die Blätter, die sie vor sich hatte, enthielten die Geschichte eines alten Herrn von Rosenberg, welche wir genötigt sind, dem Leser um der Folge willen hier *in nuce* mitzuteilen, freilich nicht in der kraftvollen Sprache des Chronikons, das die junge Bertha vor sich hatte; aber würden wir auch in unsern Zeiten imstande sein, sie zu verstehen, oder ihre Schönheiten so zu schätzen, wie das Fräulein sie schätzte, die einmal über das andere zu sich selbst sagte, wie sie nie etwas körnigteres und rührenderes gelesen habe als diese Seiten.

Wilhelm Ulrich von Rosenberg, war laut der Legende, zu Zeiten Kaiser Wenzels, Ruprechts und Siegmunds, ein Mann, der im Königreich Böhmen Aufsehen machte, sein Reichtum, seine Weisheit, und seine Tapferkeit machte ihn all diesen dreien Beherrschern des deutschen Reichs zum lieben Diener. Dem ersten schenkte und borgte er so viel er wollte, dem zweiten half er die Gerechtigkeit reformieren, und mit dem dritten zog er mehr als einmal wider den Erbfeind, den Türken. Herr Ulrich war ein wackerer, weidlicher Mann, er gefiel durch seine schöne Außenseite den Damen seiner Zeit so wohl, als den Männern durch sein tadelloses Innres. Die schönsten und vornehmsten Jungfrauen hingen an seinen Blicken und hofften von ihm gewählt zu werden, ob gleich eine jede bei dem Wunsch, Frau von Rosenberg zu heißen, ein kleines Zittern fühlte, denn Ulrichen waren viel Gemahlinnen geweissagt worden, und keine von seinen Bewunderinnen trug sonderliches Verlangen, die erste zu sein.

Wilhelm Ulrich war durch seinen hohen Adel und durch den fürstlichen Reichtum, den er besaß, ein wenig stolz, und durch Fürstengunst und Kriegsglück ziemlich kühn gemacht worden. Er dachte nicht seine Augen auf eine gemeine Person zu werfen; ausgezeichnete Schönheit war ihm nicht genug, ihn zur Liebe zu wecken; Hoheit und fürstlicher Rang waren es, was er an seiner künftigen Gemahlin wünschte, und so geschah es, dass er nach und nach der Gemahl von vier Prinzessinnen ward. Die Liebe der schönen Oligarde von Braunschweig, seiner ersten Gemahlin, das Glück, das er an ihrer Seite genossen hatte, berechtigte ihn nach ihrem Tode, der in wenig Jahren erfolgte, nicht niedriger zu wählen. Ein Brandenburgisches, ein Badensches und ein Bernstädtisches Fräulein waren ihre Nachfolgerinnen, denn der Tod brach die lieblichen Blumen alle frisch nacheinander hinweg, und Herr Ulrich ward des Weibernehmens endlich so gewohnt, dass ihm die Wahl einer neuen Gemahlin schier nicht mehr Sorge machte, als die Wahl einer neuen Rüstung.

Seine letzte Wahl war die kühnste und glücklichste von allen. Fräulein Mathilde von Bernstädt, war eine Enkelin Kaiser Siegmunds, ein Engel an Schönheit und Tugend, und dabei für den alternden Herrn von Rosenberg fast zu jung. Sie trat an ihrem Hochzeitstage das siebzehnte Jahr an, und man konnte freilich mit ziemlicher Wahrscheinlichkeit mutmaßen, dass sie die letzte sein würde, die Herrn Ulrichen zum Altar begleitete, dass sie einst als Witwe an seinem Grabe weinen würde.

Die Wahrscheinlichkeit täuschte; nach einem vierjährigen nicht ganz glücklichen Ehestande ward sie ein Opfer des Todes, sie starb, indem sie einer Tochter das Leben gab, die durch ihren Verlust, den sie noch nicht fühlen konnte, doppelt verwaist wurde. Der Herr von Rosenberg hielt es nicht für gut, zum fünften Male zu freien, aber ewiger Trauer um seine reizvolle Gemahlin ergab er sich darum nicht. Ehrgeiz nicht Liebe war es gewesen, was ihn an sie verband, das zerrissene Band schmerzte ihn nur aus einer Ursach: Die kaiserliche Verwandtschaft hatte ihm Hoffnung gemacht, sich zum Fürstenstand emporzuschwingen, sie war nun abgestorben, und er musste sich mit der Ehre begnügen, kaiserlicher Feldherr und Oberburggraf von Böhmen zu sein und zu bleiben. Unmut, dass er in der Mitte seiner Laufbahn stehen bleiben solle, ward von nun an der Satansengel, der nicht allein ihn, sondern alle, die um ihn waren, mit Skorpionen geißelte. Seine Burg ward ihm zur Hölle, er musste hinaus ins Feld, um unter dem Geräusch der Waffen seine gescheiterten Entwürfe, und sich selbst zu vergessen. Die kleine Bertha, Mathildens trauriges Vermächtnis, hielt ihn nicht in seinen Landen zurück; er liebte sie so wenig, als er ihre Mutter geliebt hatte. Er hätte das zarte Fräulein ohne Bedenken den Händen seines Burgvogts überlassen, und es dem Geratewohl anheimgestellt, was unter vernachlässigter Zucht aus ihr werden würde, wenn nicht ihre ältern Geschwister, die schier ihre Väter und Mütter hätten sein können, es über sich genommen hätten, die hilflose Waise in Schutz zu nehmen. Eine vermählte Schwester von ihr und Herr Heinrich von Rosenberg, ihr ältester Bruder, teilten die Sorge um sie, und unter ihrem Schutz wuchs sie zu der Vollkommenheit heran, mit welcher sie in der Folge jedermanns Bewunderung auf sich zog, so wie ihr unglückliches Schicksal sie bald zum Gegenstand des allgemeinen Mitleids machte.

So weit hatte Fräulein Bertha gelesen, als sie innewurde, dass die Schrift sich änderte, und die Erzählung in der ersten Person fortgesetzt ward. Die Schriftzüge waren schön, aber ungemein klein, sie schnäuzte die Lichter, um heller zu sehen. Da sie umherschaute, ward sie gewahr, dass draußen die dickste Nacht den Rabenfittich ausgebreitet hatte, die Schlossuhr schlug halb elf, ein Gedanke an die Warnung des Barons, hier nicht zu übernachten, flog ihr durch den Sinn, aber sie fasste die Deutung nicht ganz, dachte bloß auf Feuersgefahr, und traf alle nötige Vorkehrung, um selbst auf den Fall, dass sie über dem Lesen entschlummern könnte, nichts zu besorgen zu haben. Doch war für sie wohl an Schlaf zu denken, da die Heldin einer Geschichte, die sie so sehr interessierte, jetzt selbst die Feder ergriff, und in dem rührendsten Ton von Leiden sprach, die sie einst erduldete, die nun seit mehr als einem Jahrhundert überstanden waren, und der stillen Denkerin Stoff zu Gefühlen und Betrachtungen gaben, die sich nicht beschreiben lassen? Was der Schwärmerin Bertha vor fast zweihundert Jahren rührend vorkam, was ihr gefühlvolle Tränen entlockte, gleitet vielleicht in veränderten Ausdrücken über das Herz des heutigen Lesers, wie kühlendes Wasser dahin; es sei so! Die Ansprüche des Märchenerzählers sind zu klein, als dass ihn dieses befremden dürfte!

Die Tochter des Oberburggrafen von Böhmen knüpfte den Faden ihrer Erzählung folgendermaßen an die Stelle an, wo ihr Vorgänger geendigt hatte.

Ein Gegenstand des Mitleidens? – Trauriger Vorzug für die, welche nach der Anlage, die das Glück bei ihrer Geburt gemacht hatte, hätte hoffen können, ganz entgegengesetzte Empfindungen zu erregen. Die Urenkelin eines Kaisers, die Tochter solcher Eltern, die Schwester solcher Geschwister als die Meinigen, hatte Aussichten vor sich, wie sie wenige haben, und wenige wurden getäuscht, wie ich getäuscht ward. Mein Vater fiel vor dem Feinde, ehe ich nur einmal das Glück gehabt hatte, seine Knie zu umarmen. Die Kinder, welche er hinterließ, waren zahlreich, das Vermögen, das auf uns fiel, nach Verhältnis unsers Standes nur mittelmäßig; die zahlreichen fürstlichen Heiraten, der Aufwand bei Hofe und im Felde hatte es geschwächt. Mein Eltervater der Kaiser war tot, meine andern mütterlichen Verwandten, nie mit der rosenbergischen Heirat zufrieden, achteten mich nicht, so ward ich statt der Stelle bei Hofe, die mir gebührt hätte, auf die Dunkelheit eines düstern Waldschlosses eingeschränkt, wo man mir täglich vorsagte, ich sei ein armes Fräulein und habe keine Wahl als das Kloster.

Ich muss in meinen Frühlingstagen schön gewesen sein, erst jetzt, in den Jahren, da diese traurigen Reste ehemaliger Reize mir gleichgültig sind, erst jetzt werde ich es gewahr. Anlagen zu hohem Mut und Frohsinn waren in meiner Seele wohl auch vorhanden; all diese Vorzüge verheerte die Hand des Unglücks, ehe sie zu voller Blüte kamen. Der Trübsinn derer, die mich umgaben, das traurige Licht, in welchem man mir unablässig mein Schicksal vorstellt, raubte mir den Hang zu jeder Freude, und machte mich zur schwermütigen Träumerin. Mich von meinem Gram loszureißen, beschäftigte ich mich mit Studien, die für mein Geschlecht nicht gemacht sind, die finstere Mystik, die Erlernung der toten Sprachen, waren der Zeitvertreib meiner Einsamkeit, und brachten mich vollends ganz von meiner Bestimmung ab. Ich taugte zu nichts als zum Kloster und war wirklich im Begriff, den Schleier zu nehmen, als man mich wider meinen Dank und Willen zur Gemahlin des Freiherrn von Lichtenstein machte. Er war ein reicher Herr, den meine hohe Abkunft, und vielleicht einiger Schimmer von Schönheit, den ich wirklich in meinem sechs und zwanzigsten Jahr noch besaß, zu seiner Wahl bestimmt hatte. Eine glänzende Sphäre öffnete sich mir, deren Vorzüge und Freuden zu genießen, ich nicht mehr fähig war. Ich wär glücklich gewesen, hätte mir das Glück, das mir jetzt begegnete, um zehn Jahre eher betroffen, oder hätte man mich in der Erwartung erzogen, dass ich einst ein solches machen könnte. O Gott! Ich hätte noch vielleicht glücklich sein können, hätte ich den klösterlichen Eigensinn, den ich mir in der Einsamkeit angewöhnt hatte, abzulegen vermocht. Mein Gemahl war liebenswürdig, warum liebte ich ihn nicht? Oder vielmehr, warum nahm ich meiner Zuneigung für ihn, die er sich endlich ersiegte, nicht die düstre Hülle, welche alles umgab, was mich anging?

Was ich hätte tun können, um ihn und mich glücklich zu machen, das leuchtete mir erst denn ein, als es zu spät war! Er verließ mich und liebte andre. Ich zürnte, zürnte so unversöhnlich, dass, als er wiederkehrte, als er zu meinen Füssen um Vergebung flehte, ich ihn stolz verließ, und Zuflucht in den Armen meines Bruders suchte. – O Gott! Richter zwischen ihm und mir! Wie wirst du richten?

Er starb! Mein Gemahl starb! Die ganze Welt fluchte seinem Andenken, weil er sich an mir vergangen hatte. Ich fluchte ihm nicht! Ich wusste, wie weit ich schuldig an seinen Vergehungen war! Reue, die bittersten Selbstvorwürfe, halbe Verzweiflung war mein Loos von seinem Tode an, bis an den Tag des Meinigen.

Die Leserin ward hier von ihren Tränen übermocht, sie vermochte die kleine Schrift nicht mehr zu lesen, und richtete sich auf, die Lichter heller brennen zu machen.

Da stand ihr gegenüber die rosenbergische Matrone mit in einander geschlagenen Armen, und starr auf sie geheftetem Blick. Das Fräulein, ohne Schrecken sich auf einmal in ihrer Gesellschaft zu sehen, streckte den Arm aus, ihre Hand zu fassen, und schluchzte:

Ach meine Base! Was lese ich hier für Dinge!

Was ist dein Urteil? Antwortete sie.

Mein Urteil? – Ach, diese Geschichte ist mir nicht neu, ich weiß sie viel anders, als sie hier die unschuldigste Büßerin, die es je gegeben, hat aufgezeichnet. Lichtenberg war ein Böswicht, Bertha von Rosenberg eine duldende Heilige, ihr, nicht ihm, fließen meine Tränen. [1]

---

[1] Die nämlichen Worte, welche die Sage der rosenbergischen Matrone nur in lateinischer Sprache, in den Mund legt, in welcher sie geübter gewesen sein soll, als in der Sprache ihres Landes.

Mit einem unaussprechlichen Blick schlug die Matrone die Augen gen Himmel. Du wirst kommen, sagte sie leise, du wirst kommen, die Toten und die Lebendigen zu richten, auch weiß ich, dass *mir* noch ein Gericht bevorsteht!

Ein gnädiges Gericht, sagte Bertha, wenn Ihr so gut und schuldlos seid, als Eure und meine Namensschwester, deren Geschichte ich lese. Lasst mich sie laut vollenden, der Worte sind noch wenig, ich denke, sie werden Euch so wichtig sein als mir!

Es erfolgte keine Antwort, die Leserin fuhr fort. –

Was bleibt einem gebeugten von Gewissensbissen zernagten Herzen für Linderung übrig, als Wohltun? Ich war jetzt reich, ich konnte jenem Hang zu geben und zu beglücken, dem ich immer Fesseln anlegen musste, freien Lauf lassen! Doch dem Herzen, das keine Reichtümer achtet, ist Geben allzu leicht; ich fühlte es, dass ich schwerere Pflichten auf mir hatte. Die unmündigen Kinder meiner Schwester wurden von mir erzogen; ihr schönes Heranwachsen zu Tugend und Glück, war die erste, die einzige Freude, die ich in meinem tränenvollen Leben hatte. Ich baute ihnen dieses Schloss. Die Umwohner, meine Untertanen, dienten mir gern, bei dem schweren Bau, denn sie liebten mich; ich denke, ich habe sie nicht gedrückt, bin ihnen nie hart gewesen. An dem Feste, das ich ihnen zum Andenken der geendeten Arbeit stiftete, und das ihre Nachkommen von den Meinigen auf ewige Zeiten zu genießen haben sollen, hörte ich keinen Fluch über mich, hörte ich nur Seegen aus ihrem Munde ertönen. Die guten Leute baten, ich sollte mich zum Andenken dieses Tages so abbilden lassen, wie ich in meiner halben Witwentracht, die meine beständige Kleidung ist, unter ihnen umherging, und ihnen das Brot austeilte. Ich habe ihnen gewillfahrt, ich hoffe, es ist keine Eitelkeit darin; irrte ich, so wird auch diese Spreu von dem Weizen gesondert werden. – Mein Bild findet sich auf dem großen südlichen Saal an der Morgenseite.

Ihr Bild? Schrie hier Bertha. Wie? Ihr Bild? – und ich habe es noch nicht gesehen? O, meine Base, ohne Zweifel könnt Ihr mir sagen – Aber wie? Ich bin allein? Wie konnte sich meine Zuhörerin so leise entfernen.

Bertha rief noch einige Mal den Namen ihrer Namensschwester und erhub sich denn, als keine Antwort erfolgte, mit dem einen Lichte, die andern waren bereits ausgegangen, um sich nach dem umzusehen, was jetzt ihre ganze Neugier rege machte, nach dem Konterfei ihrer Heiligen. Wenn dieses der große südliche Saal ist, sagte sie zu sich selbst, so muss ich es hier finden. Der Tag bricht bereits durch die Fenster! Hinweg mit der Kerze, sie nützt mir nicht!

Die Zeit, wenn Tag und Nacht sich scheiden, ist, laut alter Sagen, Geistererscheinungen so günstig als die schwarze Mitternachtsstunde. Die furchtlose Bertha, die sich in jener Nacht nicht gescheut hatte, fühlte auch kein Grauen in dieser, und wie hätte sie auch gesollt, da in ihrer Fantasie keine Gespensterideen einheimisch waren, und sie zurzeit noch nichts erfahren zu haben glaubte, das die gemeinen Sagen von solchen Dingen begünstigen könnte.

Bertha mochte die Fenstergardinen zurückziehen, wie sie wollte, mochte im rötlichen Morgenlichte die Wände des Saals noch so genau betrachten, sie sah nichts, das einem Bilde ähnlich war, sie stand jetzt an der Tür des südlichen Kabinetts, und ohne Rückerinnerung, dass ihr der Eintritt in dasselbe von ihrem Oheim verboten war, öffnete sie es, und ging hinein. Ein schnell umher geworfner Blick zeigte ihr, wie sie meinte, in der Tiefe des Zimmers ihre gute Freundin, die Matrone.

Freudig auf sie zueilen, und im Näherkommen sich durch ein Bild in Lebensgröße, das Frau Berthens volle Ähnlichkeit trug, getäuscht sehen war eins. Das Fräulein fühlte, sie wusste noch nicht ganz warum, bei diesem Anblick einen kleinen Schauer. Es gibt Augenblicke, da uns nach langer Unwissenheit die Wahrheit auf einmal mit vollem Lichte in die Seele strahlt; der gegenwärtige war einer von diesen. Berthens Zittern vermehrte sich von Sekunde zu Sekunde, doch hatte sie noch Mut, dem großen Bilde der weißen Frau, das man noch zu Schloss Neuhaus sehen kann, zu nähern. Vielleicht war alles, was sie jetzt empfand, für ein so vorurteilsfreies Gemüt, als das Ihrige, durch ein klein wenig Fassung, oder durch Vorstellung von allerlei Möglichkeiten schnell hinweg zu hauchen gewesen, aber als jetzt Frau Bertha in Person, doch schattenartiger als je vor ihr überglitt, als eine hohle unartikulierte Geisterstimme ihr zutönte: Bertha, kennst du mich nun? Da mussten wohl alle Zweifel schwinden, sie sah auf einmal hell, wogegen sie so lang blind gewesen war. Das schreckensvollste Gefühl, das sich denken lässt, übermochte sie, sie sank empfindungslos vor dem Bilde der weißen Frau zu Boden.

Die Sonne ging völlig herauf, der Mittag kam heran, das Fräulein ward im Schlosse vermisst. Der Baron ward

äußerst unruhig, denn er liebte die sanfte Bertha vollkommen, so sehr, als sie verdiente. Man sagte ihm, man
habe bereits alles nach ihr durchsucht, um ihn durch die
Nachricht von ihrem Verlust nicht zu zeitig zu schrecken. Was sollte man denken? Flucht oder Entführung
aufs Tapet zu bringen, würde Unsinn gewesen sein, wer
sollte die eingezogene Bertha, die fast niemand kannte,
entführen? Und warum hätte sie aus den Armen ihres
Vaters fliehen sollen?

Hastig fragte der alte Herr, ob man in der Librarey gewesen sei? – Wie konnte man? Der heilig bewahrte
Schlüssel zu diesem Orte war in seinen Händen, auch
wagte sich niemand von dem Schlossgesinde, dem bekannt war, dass die weiße Frau dort hauptsächlich ihren
Aus- und Eingang zu haben pflegte, gern in diese Gegend!

Dem Baron stellte sich auf einmal die schreckensvolle
Möglichkeit vor, das Fräulein könne sich des Verbots
ungeachtet dort verspätigt haben, es könne ihr dort irgendetwas zugestoßen sein, das hier schon mehrern den
Tod gebracht hatte. Dass sie das Schlossgespenst gesehen habe, ohne es zu kennen, konnte er schon aus ihren
gestrigen Reden mutmaßen, und was konnte dieses für
Folgen gehabt haben? – Mehrere die hier der ätherischen
Dame unversehens begegneten, und aus Unwissenheit
oder Mutwillen das Geringste gegen sie versahen, hatten
bereits ihre Rache empfunden. Herr Peter von Wocken,
Berthens verblichener Bräutigam, sollte, das wusste das
ganze Schloss, obgleich niemand ihr davon sagte, von
einem Anblick der weißen Frau, den Tod genommen

haben; war es nicht möglich, dass seiner Hinterlassenen das nämliche begegnet sei?

Der alte Herr rang die Hände und weinte wie ein Kind ob dem mutmaßlichen Schicksal seiner liebenswürdigen Nichte. Sich Gewissheit zu verschaffen, oder der Verunglückten vielleicht noch Hilfe zu leisten, brauchte man nur, sich an den verdächtigen Ort zu verfügen, aber wie viel Überwindung gehörte hiezu! Das Schlossgesinde schauderte vor dem bloßen Gedanken zurück, und fürwahr, der Herr fühlte eben so wenig Lust, den Ort noch einmal zu sehen, wohin er vor einigen Jahren, weil er in seinem ganzen Leben das Schlossgespenst noch nie gesehen hatte, sich mutig verfügte, und wo ihn der unvermutete Anblick desselben mit einem Schrecken und einer Eil zurückscheuchte, davon Bertha noch die Spuren gesehen hatte.

Liebe zu dem guten Fräulein überwand indessen jede Bedenklichkeit. Der Schlosskapellan mit dem Kreuz trat vor, ihm folgte der Baron, und nach ihm ging die ganze Dienerschaft mit allerlei Wehr und Waffen auf besorglichen Angriff versehen.

Ach hätten sie sie dahinten gelassen! Frau Bertha war jetzt auf einer Laune, da sich wenig von ihr befürchten ließ. Weit nötiger als Weihwedel und Reliquien wären den Nachsuchern der armen Bertha einige Flaschen mit stark riechenden Essenzen, einige angebrannte Federn oder die Lanzette des Wundarztes gewesen, sie wieder ins Leben zurückzurufen!

Man fand sie in einem Zustande, der sie mehr einer Toten als einer Ohnmächtigen ähnlich machte, vor dem furchtbaren Bilde ausgestreckt. Man denke, wie lang sie hier ohne Hilfe gelegen hatte! – Ob sie sich in Zwischenräumen erholt haben mochte, um wieder in ihre schreckliche Bewusstlosigkeit zurückzusinken, weiß ich nicht; gnug, man brachte sie ohne alles Zeichen des Lebens auf ihr Zimmer und es war ziemlich spät gegen den Abend, da die Kunst der Ärzte und Wundärzte sie so weit gebracht hatte, dass der Baron sich ein wenig beruhigen konnte. – Sie war jetzt wirklich wieder bei sich selbst, aber zu matt zu sprechen, oder die mindeste Bewegung zu machen. Dieser Schwäche folgten Anfälle von Fantasien, in welchen sie mehr von den Vorgängen vergangener Nacht ausredete, als sich vielleicht mit der hergebrachten Sitte der Geisterseher vertrug; doch was man in der Hitze tut, wird einem nicht zugerechnet, und dieser Fehler ging also der in solchen Dingen ganz unerfahrnen Bertha auch ungestraft hin.

Der Oheim saß an ihrem Bette, und bewachte jeden Anschein von Besserung mit der zärtlichsten Ängstlichkeit, aber auch denn, als sie schon völlig gerettet hieß, hütete er sich wohl, kühne Fragen an sie zu tun, oder ähnliche, die er von ihr gewärtig war, zu begünstigen.

In der ersten Nacht, da Bertha die Rechte einer Wiedergenesenen, unbewacht zu schlafen, genoss, hatte sie ein Gesicht, davon die neben ihr schlummernde Zofe, deren Gesellschaft sie jetzt für nötig hielt, nichts vernahm, und das sie erst nach vielen Jahren ihren Freunden mitteilte –

Die rosenbergische Matrone stand vor ihr, ganz so, wie sie sie gesehen hatte, als sie sie noch für eine Sterbliche hielt. Bertha, sagte sie, ich habe dich geschreckt, das wollte ich nicht! Wie wars möglich, dass du, bereits so vertraut mit mir, dergestalt durch meine völlige Kenntnis erschüttert wurdest? Doch du bist eine Sterbliche, und ich verzeihe dir. Du wirst mich wachend nie wieder sehen; ich liebe dich zu sehr, als dass ich durch meinen Anblick dein Leben in Gefahr setzen sollte; aber um dich zu sein, und für dich zu wachen, werde ich nie aufhören. Vielleicht hast du einst durch mich dein Liebstes verloren; wohl gut, ich bin dir Vergütung schuldig, und du sollst sie haben! Feire jetzt mein nah bevorstehendes Gedächtnisfest, die Stiftung des süßen Breis, mit der Würde, die einer rosenbergischen Dame und meiner Namensschwester zukommt, zähle von demselben fünfzehn Tage, und du wirst den zu sehen bekommen, der dir den Verlust deines Bräutigams ersetzen soll. Bertha erwachte, und fühlte sich merklich gestärkt, besonders durch das Versprechen der weißen Frau, ihr nie wieder wachend zu erscheinen. Der bloße Gedanke ein übermenschliches Wesen, mit welchem sie sich so gemein gemacht hatte, als ob es ihres Gleichen war, wieder zu sehen, hatte ihr bisher ein Grauen verursacht und ihre Genesung verzögert, sie sah sich als eine unglückselige Person an, die sich unter ihren Zeitgenossen bald durch den Namen einer Träumerin auszeichnen, bald dahin gebracht werden könnte, bei gehäuften Abenteuern aus der Geisterwelt, an ihrem eigenen Verstande zu zweifeln, oder ihn wirklich zu verlieren. Jetzt war sie durch das Ehrenwort der gespenstischen Dame gesichert; sie konnte ruhig in die Zukunft blicken, riss sich mit Gewalt von dem Andenken ans Vergangene los, und genas zusehends.

Mit Entzücken schloss sie ihr Oheim wieder frisch und blühend in die Arme, machte mit doppelter Munterkeit die gewöhnlichen Anstalten zu dem alten rosenbergischen Stiftungsfeste und Bertha ihrerseits, rüstete sich auch, die ihr bei demselben übertragene Ehrenrolle mit Anstand zu spielen. Wir haben dem Leser schon etwas von der Entstehungsart dieses Festes gesagt, nun auch ein Wort von seiner Benennung, wiewohl es uns schier Unmöglichkeit dünkt, dass ein Märchenfreund deutscher Nation die Mahlzeit des süßen Breies nicht so gut zu beschreiben wissen sollte als wir.

Die rosenbergische Dame, welche ihr Schicksal, oder irgendeine ungebüßte Schuld nach ihrem Tode zum Gespenst machte, hatte den Armen, die ihr bei Erbauung des Schlosses Neuhaus geholfen hatten, am Ende zur Ergötzung ein Gastmahl geordnet, in welchem die Hauptschüssel ein süßer Milchbrei war. Ein Gericht gute Fische. Ein Laib Brot mit Honig; ein Krüglein Wein, und ein Silbergroschen machten die übrigen Teile der köstlichen Bewirtung aus, deren Wiederholung in der Folgezeit für die Enkel der weißen Frau keine so kleine Sache war, als sie zu ihren Zeiten geglaubt haben mochte; die Zahl der Armen nahm mit jedem Jahre zu, und man musste so reich und so großmütig sein, als Baron Mathias, die Stiftung eher zu vermehren als zu schmälern.

Der Genesung der geliebten Bertha zu Ehren wurde das Fest diesesmal verschwenderischer gefeiert als je. Das Fräulein ging wie ein Engel unter ihren Gästen umher, die sich auf der grünen Matte vor der Burg gelagert hatten, und teilte ihnen das Bestimmte aus, das sie, von der Freigebigkeit des Barons bereichert, auch durch manche heimliche Gabe vermehrte. Ihr tönten laute Segenswünsche, aber um die Verfertigung ihres Konterfeis sprach sie doch niemand an, ungeachtet der Nachwelt mit demselben mehr gedient gewesen sein würde, als mit dem Bilde der weißgeschleierten rosenbergischen Witfrau in deren Anblick wohl niemand etwas gefälliges finden konnte, als eine gutherzige Bertha, die Mitleid für Wohlbehagen annahm.

Die Geschichte von dem Abenteuer des Fräuleins hatte sich, obgleich wenige die rechte Beschaffenheit desselben vollkommen wussten, doch weit ausgebreitet, und die junge Person, welche die Hauptrolle in derselben spielte, war ein allgemeiner Gegenstand der Neugier und Bewunderung geworden. Es gab einige rosenbergische Vettern, welche die schöne Muhme noch gar nicht kannten, oder sie bisher auf dem österlichen Familienbesuch unter den schönern und reicher gekleideten Basen und Bäslein gern übersehen hatten; einer oder zwei derselben konnten der Osterzeit, die ohnedem noch fern war, nicht erwarten, um das Fräulein nach Bequemlichkeit auf dem Schlosse des alten Oheims beäugeln zu können, sondern sie fassten lieber den romantischen Entschluss, sich unter die Armen zu mischen, die Berthens Milde speisen sollte, und daselbst die erste Gabe aus ihren Händen zu erhalten.

Bertha ging unbefangen in ihrer Unschuld zwischen den dichten Reihen ihrer Gäste einher, teilte rechts und links aus, ohne drauf achtzuhaben, dass hier und da ein vollwangiger krauslockiger Bube, das lebendige Gegenbild der Dürftigkeit sich zu ihrer Milde drängte. Einer von ihnen war kühn genug, die weiße wohltätige Hand, die ihm das Laiblein Brot darreichte, zu fassen und sie an seine Lippen zu ziehen. Das Fräulein ward nicht beleidigt; der Armut konnte sie wohl eine Freiheit verzeihen, die sie nach damaliger strenger Jungfernsitte, keinem Fürsten würde gestattet haben.

Was fehlt Euch, guter Mann? Fragte sie mit mitleidigem Blick, ohne zu bedenken, dass dem Inhaber dieses Gesichts gar nichts fehlen konnte, Ihr habt wohl ein besonderes Anliegen?

O ja, gnädiges Fräulein! Rief der unbekannte Vetter, dem Bertha in diesem Augenblick durch Tugendübung verschönert, wie ein Engel vorkam, o ja, und ich wollte die Welt drum geben, es Euch entdecken zu dürfen.

Ihr seht wohl, antwortete sie freundlich, dass ich mich jetzt nicht lang bei Euch aufhalten kann, aber sucht Gelegenheit, mich auf dem Schlosse zu sprechen, und so ich das, was Ihr begehrt, durch Vorbitte bei meinem Oheim erhalten kann, so solls Euch werden. Drauf zog sie ein ziemliches Silberstück aus dem Säckel und gab es ihm, der von seinen lauschenden Gesellen ob der milden Gabe wacker gehöhnt, und den ganzen Tag der Jungfernsöldner genannt wurde.

Spottet, wie ihr wollt, sagte er, die erste Spende der liebenswürdigen Bertha ist mir Unterpfand noch weit größerer Milde, und die Bestellung aufs Schloss? Das Erbieten zur Vorbitte bei dem Oheim? – Was sagt ihr dazu? – kann wohl ein Liebhaber sich bei dem ersten Gespräch größerer Gunst von seiner Dame rühmen, als ich? Die Sache ward belacht und kommentiert; man weiß wie junge Gesellen es machen, dieses Geschlecht war sich in allen Jahrhunderten gleich. Aber der Begabte, dem wirklich das Fräulein im Herzen Wohlgefallen hatte, nahm die Sache ernstlicher als die andern, und bekannte ihnen frei, dass er Eil habe, die schöne Bertha wieder zu sehen und mit ihr zur Richtigkeit zu kommen; aber, fuhr er fort, wie ist das zu machen? Die österliche Besuchszeit bei dem Baron ist noch fern, zudem haben wir uns unter dem andern Haufen von Vettern und Muhmen so selten bei ihm eingefunden, dass er uns kaum kennen, dass er uns vielleicht als Fremde behandeln würde, wenn wir es wagten, ihn außer der Zeit heimzusuchen. Das Fräulein bekommt man übrigens, wie ich höre, kaum zu sehen, wenn man bei ihm einspricht; sagt selbst, welcher Mann wird wichtig genug sein, uns freundliche Aufnahme, und Berthens Anblick zu verschaffen?

Es ward viel Rath über diese Dinge gepflogen, und dass die Jünglinge zum Besten ihres verliebten Gefährten, endlich einen Ausweg fanden, das wird man ihrem Scharfsinn, denke ich, wohl zutrauen.

Das Fest des süßen Breis war noch nicht vierzehn Tage vorüber, so erhielt Baron Mathias Botschaft von dem Prinzen von B ... der so, wie mehrere Fürsten seinem Hause verwandt war, so es ihm gefällig war, wollte er mit einem kleinen Gefolge in den nächsten Tagen auf seiner Burg einsprechen.

Das Fräulein nahm dies als Losung an, sich wieder auf ihr Zimmer zurückzuziehen, und der Einsamkeit zu pflegen, die sie so ungestört, wie immer, bei solchen Gelegenheiten zu genießen hoffte. – Hätte sie dem, was ihr die weiße Frau bei der letzten Erscheinung sagte, mehr Aufmerksamkeit geliehen, hätte sie nachgerechnet, dass es gerade der fünfzehnte Tag nach der rosenbergischen Spende war, da die fremden Herrn auf der Burg einritten, so würde sie vielleicht gemutmaßt haben, dass sie dieses Mal wohl auch mit zur Gesellschaft gehören musste, wenn sie heute den sehen sollte, der bestimmt war, ihr die Stelle ihres verblichenen Bräutigams zu ersetzen.

Bertha beweinte ihren ersten Geliebten noch zu redlich, um einen solchen Ersatz nur zu wünschen, auch schien sie diesen Teil ihres Traumgesichts ganz vergessen zu haben, wie sie denn überhaupt gern ihre Gedanken von allem losriss, was Beziehung auf die gespenstische Matrone hatte.

Sie machte diesesmal ihre Toilette so nachlässig als möglich und setzte sich an ihren Spinnrocken, den sie bis zur Mittagszeit ohne Ruhe umtrieb, da die Dirne, die ihr zu Tische diente, hereintrat, und indem sie die Tafel bereitete, viel Erzählens von dem lieben jungen schönen Prinzen von B ... und den drei wackern Rittern machte, die ihn begleiteten.

Bertha antwortete hierauf wenig und wollte sich eben von ihrer Arbeit zu Tische setzen, als sie den podagrischen Schritt des Barons auf der Galerie hörte, und ihn bald darauf hereintreten sah.

Heilige Maria, mein Oheim! Schrie Bertha, indem sie ihm entgegen trat, was kann Euch bewegen, jetzt Eure Gäste zu verlassen?

Die höchste Notwendigkeit, mein Kind! Du musst dich entschließen, unten bei der Tafel zu erscheinen; ich wollte dir es selbst ankündigen; denn mir, denke ich, wirst du doch keine abschlägige Antwort geben!

Aber Himmel, mein Anzug! Rief Bertha, indem sie in den Spiegel sah. Dieses weiße häusliche Gewand! Diese ungeflochtenen Locken!

Ließ sich das nicht in der Eil ändern?

Unmöglich, mein Oheim! Dies brauchte wenigstens eine Viertelstunde Zeit, indessen erkaltet das erste Gericht!

Nun so komm, wie du bist! Du findest lauter Familie, der Prinz von B ... ist unser Verwandter, und seine Begleiter, drei Herrn von Rosenberg, sind auch unsre Vettern. Aber mein Gott! Welch eine Forderung!

Komm nur, sie baten so sehr um Vergunst, ihre Muhme zu sehen, ich konnte unmöglich Nein sagen!

Glühend vor Scham über die vernachlässigte Toilette, und unaussprechlich liebenswürdig in ihrer Verlegenheit, trat Bertha an der Seite ihres Oheims in das Tafelzimmer; vielleicht würde sie durch den vollkommensten Modeputz ihrer Zeit kaum so sehr verschönert worden sein, als durch die kunstlose Tracht, in welcher sie sich den Augen ihrer Vettern darstellte. Die Mode ihres Jahrzehnts war ein wenig steif, auch gibt es Gesichter, die im höchsten Staate nie zu ihrem Vorteil erscheinen, zu welcher Klasse Berthens unschuldige wenig hervorstechende Züge gehörten.

Man bewillkommte sich nach damaliger Sitte, man setzte sich zur Tafel, Bertha war Wirtin; sie sprach wenig, aber das wenige gut. Ihr Auge war überall, dass nichts zum Wohlsein der Gäste vernachlässigt wurde, und sie bemerkte bei dieser Beschäftigung nicht, dass diese Gäste, besonders der Eine, keine Augen hatten, als für sie.

Nach der Tafel ging man spazieren. Bertha musste bei dieser Gesellschaft bleiben, und einer der vier Vettern war immer an ihrer Seite, daher sich unter dem Schlossgesinde, dem das etwas ungewohntes war, die Sage erhub: Der Brautkranz schwebe über dem Haupte des Fräuleins, und einer der vier Ritter werde sie sicher heimführen; welcher? Das war eine große Frage, doch weil jedermann der guten Bertha das höchste Glück, die höchste Ehre gönnte, so fiel die Stimme einhellig auf den Prinzen.

Es war nicht ohne Grund der Wahrheit, dass die stille Bertha an diesem Tage mehr von Liebe hörte, als vielleicht in ihrem ganzen Leben. Denn der verblichene Bräutigam, Herr Peter von Wocken, war zu seiner Zeit ein schlichter geradsinniger Kempe, der sein Liebchen von Herzen meinte, ohne es ihm in jeder Minute auf zehnerlei Art zu verstehen zu geben. Die Höflinge, mit welchen Berthen das Glück, oder ihre gespenstische Namensschwester heute in Gesellschaft gebracht hatte, wussten die Kunst der Minne auf gar feinere Art zu treiben, und das Herz des jungen Fräuleins wär verloren gewesen, wenn es zu den gewöhnlichen Alltagsherzen gehört hätte, an welche man nur anklopfen darf, um eingelassen zu werden.

Berthens Herzenstür hatte an dem Andenken des verstorbenen Geliebten einen Hüter, der nicht so leicht zu bestechen war, sie verschloss sich um so fester, je heftiger man sie bestürmte. – Der Abend kam heran, und das

Fräulein war froh, dass die Gäste, von denen sie sich solcher Überlast nicht versehen hatte, ihren Abschied nahmen, und sie sich in ihr Kämmerlein zurückziehen konnte. Doch hatte sie, ehe dieses geschehen durfte, noch eine ernste Vorhaltung von ihrem Oheim auszuhalten, wegen ihrer Hartherzigkeit, in welcher erwiesen wurde, dass man die Toten vergessen, und auf das Glück der Lebendigen denken müsse.

Wer von den vier Vettern, der Prinz oder einer seiner Ritter, den Baron dergestalt in seinen Vorteil gezogen hatte, wusste zurzeit noch niemand als die dabei interessierten Personen, wir aber können es dem Leser wohl ins Ohr sagen, dass es der ältere Herr von Rosenberg war, ein stattlicher Ritter, der die Welt gesehen, und sich durchs Schwert schon viel Ruhm und Ehre erworben hatte, also auf alle Weise ein liebens- und wählenswürdigerer Gegenstand, als der blonde fünfzehnjährige Fürstensohn, ein junger Herr, bei welchem zurzeit noch jugendlicher Leichtsinn die Hauptrolle spielte, indes alles Übrige, das Gute und das Böse, nur Anlage war.

Dieser Jüngling hätte sich zu der ernsten stillen Bertha geschickt, wie ein Trinklied zur hohen Messe, auch dachte er nicht an sie; er hatte den Besuch bei seinem alten Vetter, nur seinem Freunde, Herrn Heinrichen von Rosenberg, zu liebe veranstaltet, um ihm Gelegenheit zu dem Rendezvous zu geben, zu welchem er von der unschuldigen Bertha beim Feste des süßen Breies beschieden worden war, und davon sie nun, da er sich ihr entdeckt hatte, so wenig als von der versprochenen Vorbitte beim Oheim etwas hören wollte.

Da die weiße Frau Wort hielt, und sich nicht wieder vor Berthens Augen sehen ließ, auch ihr im Traume nichts von ihrer Meinung über diese Dinge zuflüsterte, so können wir nicht genau sagen, welches dieselbe war, und müssen uns begnügen, dem Leser das mitzuteilen, was die Sage ihr zur Last legte, ungeachtet wir es mit dem Vorurteil, das wir zu ihrer Klugheit und Gutmütigkeit haben, nicht recht zusammen zu räumen wissen.

Die rosenbergische Matrone, so lautet die Tradition, hatte Fräulein Bertha von Neuhaus dermaßen in Affektion genommen, dass sie wünschte, sie aus ihrer Niedrigkeit auf die höchste ihr allenfalls erreichbare Staffel der Ehre zu erheben. Eine fürstliche Heirat war ihr nicht zu hoch für ihre Favoritin, und sie dachte in allem Ernste darauf, ihr den jungen Prinzen von B ... zum Gemahl zu geben. Die bejahrten Heiratsstifterinnen ziehen selten den Geschmack ober das wahre Wohl beider Teile, immer nur ihren wahnvollen Eigensinn zurate, so auch hier: Bertha und der fürstliche Jüngling passten nicht füreinander, und keinem kam ein Gedanke von Liebe in den Sinn, welches letztere die geschäftige Frau Base bald gewahr ward, es sehr hoch empfand, aber es doch nur an einem Teile zu rächen trachtete. Bertha war der Liebling der gespenstischen Matrone, sie sollte leer ausgehen, denn die weiße Frau, der Sitte ihres Geschlechts noch so ziemlich kundig, urteilte weislich, dass ein Fräulein nicht lieben kann, wenn sie nicht zur Liebe aufgefordert wird, und dass die Verschmähte sehr billig Kaltsinn mit Kaltsinn belohnt.

Ein desto strengeres Gericht erging über den armen Prinzen. Warnende Träume machten den Anfang, um

ihn zu dem anzumahnen, was man ihm aufbürden wollte. Sinnbildlich waren sie und für ihn schwer zu deuten.
Prinz Erdmann verstand nicht, warum ihn der Traum-
gott unaufhörlich nach Schloss Neuhaus versetzte, und
ihm aus der Hand seiner Muhme Bertha bald Kränze
bald Ringe nehmen ließ. Er fand das junge Fräulein recht
schön und liebenswürdig, aber wie er dazu kam, sie jede
Nacht im Traume zu sehen, das konnte er nicht begrei-
fen; wachend dachte er wenig an sie, als wenn der Herr
von Rosenberg ihm etwa von dem schläfrigen Fortgang
seiner Liebe unterhielt. Diese Lamenten hörte er noch
dazu höchst ungern, weil er noch schlechterdings gar
nichts von dem zarten Minnetrieb erfahren hatte, und
also auch unmöglich Mitleiden mit einem verliebten
Dulder haben konnte. Ritter, sagte er eines Tages zu
dem traurenden Jünglinge, zur Linderung Eurer Qual
wollte ich Euch wohl meine Träume gönnen; sie mahlen
mir jede Nacht Eure Bertha so schön und freundlich, als
ich wünschen wollte, dass sie Euch erschien. Ach, mein
Prinz, antwortete Herr Heinrich von Rosenberg, dass
nur nicht etwa meine Gefühle in Eure Brust übergehen!
Welch einen gefährlichen Mitbuhler würde ich an Euch
haben!

Der übermütige Jüngling beantwortete dies mit Lachen
und eilte zu seinen Pferden, die, nebst der Jagd, vor der
Hand noch das einzige waren, was er mit Leidenschaft
und Beständigkeit liebte. Berthens ungebetene Verspre-
cherin sah, dass sie dem Widerspenstigen näher treten
musste, sie hatte ohnedem die Art kleinstädtischer Frau
Basen, welche den kleinsten Grad von Verwandtschaft
zum Vorwand machen, sich in großen Häusern zuzu-

dringen. Brandenburg, Baden, Hannover und andere ihrer Familie verwandte Häuser, genossen schon längst der Ehre, sie zuweilen zu sehen, und dem Hause von B ... ward jetzt diese Erscheinung öfter als je zu Teil. Sie rumorte auf den Vorratsböden, strich mit ihrem Schlüsselbund durch die weiten Säle und ließ sich oft so gar bis zu dem Pferdestall herab. Am öftersten ließ sie sich in dem Zimmer des Prinzen sehn, zwar für ihn noch immer unsichtbar, aber desto fürchterlicher für seine Kammerbedienten, welche oft nicht wussten, wie sie sich gebärden sollten, um die Äußerungen von Furcht und Entsetzen mit der Hofetikette zu vereinigen.

Das Anregen zur Reise nach Neuhaus, um die schöne Bertha zu sehen, ward immer deutlicher. Voll Unmut riss sich der gequälte Jüngling einst um Mitternacht aus solchen Träumen empor, und eilte ans Fenster, da sah er ganz deutlich die weiße Frau, wie sie ihm oft beschrieben worden war, sein Leibross aus dem Stalle, in den mondbeglänzten Hof leiten, bis sie in einer Ecke verschwand, da denn das zaum- und zügellose Tier mit unerhörtem Toben den Rückweg nach dem Stalle nahm.

Der Prinz weckte seine Leute, sie fanden den Stall verschlossen, aber das Pferd sehr unruhig. Die Klügsten unter ihnen schüttelten den Kopf und meinten, die Sache sei nicht auf die leichte Achsel zu nehmen, es sei hier ohne Zweifel ein Unglück im Anzug. Die Erscheinung der weißen Frau, die sich jetzt so oft blicken lasse, deute nie auf etwas gutes, und es werde dem Prinzen zu raten sein, den morgenden Tag nicht auszugehen, noch weniger das Roß zu besteigen, das bei dem nächtlichen Abenteuer irgendetwas von dem Gifte könnte bekommen haben, das ein böser Geist schon mehrmals den Rossen unter den Hafer gespritzt, und dadurch das Verderben ihrer Herrn bewirkt hätte.

Das Schrecken des Prinzen über den Anblick des Schlossgespensts war noch zu neu, als dass er wider das, was seine Diener sagten, etwas hätte einwenden sollen; er legte sich mit dem Entschluss, ihrem Rate Folge zu leisten, wieder zu Bette, wo ihn bald der Schlaf überfiel; ein fester traumleerer Schlaf, der alle Schreckbilder verwischte, die sich seiner Seele eingeprägt hatten. Sie dünkten ihm, da er erwachte, nur ein Nachtgespenst zu sein, und er erhub sich nach Gewohnheit, um auszureiten. Man stellte ihm vor, was er diese Nacht selbst gesehen und stillschweigend eingestanden hatte; umsonst, er bestand auf seinem Sinne. Er bestieg das Roß, das sich vor wenig Stunden an der Hand der weißen Frau gebäumt hatte, und das nun geduldig, wie ein Lamm dastand; aber so bald es die Schlossbrücke hinter sich hatte, nicht mehr zu zähmen war, und mit verhängtem Zügel einen Weg nahm, dahin der Prinz gar nicht gedachte.

Es ist der Weg nach Schloss Neuhaus, sagte der mutwillige Reiter, als sein Gefährte Herr Heinrich von Rosenberg ihm endlich behilflich war, das unbändige Tier ein wenig zur Räson zu bringen. Es ist der Weg zu deiner Bertha; setze dich auf, mein Freund, die weiße Frau hat diesem Rosse diese Nacht ein Wort ins Ohr gesagt, das seinen Reuter in wenig Minuten nach dem Orte bringen wird, wo ich nichts zu tun habe.

Der Herr von Rosenberg antwortete hierauf nichts, sondern riet dem jungen Übermütigen, für heute lieber den Rückweg nach Hause zu nehmen, da ja ohnedem heute das Wetter weder Jagd noch Spazierritt begünstigte. – Der Vorwand tat seine Wirkung; unter einem andern würde der störrige Jüngling schwerlich zum Heimzuge zu bereden gewesen sein.

Man sagt, kein feindseliges Wesen habe Macht an dem Menschen, solange er sich nicht durch irgendeinen Frevel des schirmenden Schilds seines Schutzengels beraubt habe. Prinz Erdmann hatte schon manches gesagt und getan, das sich vor dem strengen Gericht der Geister nicht ganz entschuldigen ließ, und ehe eine Stunde verging, sollte er sich noch mehr vergangen, und dadurch seinen Untergang unvermeidlich gemacht haben.

In dem fürstlichen Hause von B ... lebte die alte Markgräfin von ... eine venerable Matrone von dreiundneunzig Jahren, Großmutter oder Großtante des damals lebenden Geschlechts; sie war noch munter für ihr hohes Alter, und dasbei so gut und gefällig, dass nur ein junger Hitzkopf, wie ihr Urenkel, mehr besagter Prinz, ihr Liebe und Achtung versagen, und sich dann und wann durch ihre Weisungen beleidigt finden konnte.

Als er dieses Mal mit dem Herrn von Rosenberg von dem kurzen Spazierritt zurückkam, war es eben Zeit zum Frühstück, und die jungen Ritter gingen, so wie sie von den Pferden stiegen, in den großen Gesellschaftssaal, wo die sämtlichen Damen des Hauses bei der Morgensuppe versammelt waren. O, mein Kind! Rief die alte Dame dem Prinzen entgegen, Gott sei Dank, dass wir dich wieder sehen! Todesangst haben wir deinetwegen ausgestanden. Ein Unglück steht unserm Hause bevor! Wir werden nächsten Tages eine Leiche sehen! Würde ich es ausgehalten haben, deinen Tod erleben zu müssen?

Und warum den meinigen, gnädige Frau? Fragte der Jüngling ziemlich übereilt.

Du meinst, erwiderte die Matrone, die, welche dich warnt, sei zum Sterben reifer als du? – O, mein Kind, wenn wirst du lernen, dass das Alter im Lehnstuhl sicherer vor dem Tode ist, als die unvorsichtige Jugend auf ihren Lustwegen? – Wilder Pferdebändiger!! Dein Rasen kann dir über kurz oder lang den Untergang bringen!

Kann ich erfahren, fragte der Prinz eine seiner Schwestern leise, wie ich zu dieser Predigt komme?

Das Fräulein weinte. Unserm Hause, schluchzte sie endlich, steht allerdings ein Unglück bevor. Jener Mann im schwarzen Rocke bringt Post, dass der Tod weissagende Leichenstein unsers Uranherrn, in der Kirche zu stark geschwitzt habe! Du weißt, was dieses zu bedeuten hat.

Nun, erwiderte der Tollkühne, so will ich hin, will ein Tuch mit diesem vordeutenden Todesschweiße netzen, und es der Markgräfin bringen, dass sie sterben lerne.

Kaum hatte er ausgeredet, so verschwand er aus dem Zimmer, flog die Stiege hinab, und warf sich auf das noch gesattelte Roß, das man im Hofe auf und abführte, damit es sich von der vorigen Erhitzung erholen möchte: Es dampfte und lechzte noch, der Stallmeister bat, des schönen Tiers zu schonen, aber es war, als wenn der nämliche Dämon, der in voriger Nacht dem Rosse Gift in den Hafer gespritzt haben sollte, auch das Hirn seines

Eigentümers ein wenig verrückt hätte! Er nahm keine Warnung an, und wie ein Pfeil von der Sehne, flog er auf dem Tiere, das mit ihm gleichen Trieb zum Verderben fühlte, davon, nach der zwei kleine Meilen entlegenen Kirche, wo sich bereits die ganze Gegend versammelt hatte, um den fürstlichen Leichenstein schwitzen zu sehen, und die Deutung dieses Wunders auf die alte Markgräfin zu machen.

Der Herr von Rosenberg war dem Prinzen so eilig als möglich gefolgt; das Verlangen der fürstlichen Damen, und seine eigenen Besorgnisse um den jungen Unvorsichtigen nötigten ihn, denselben seinem Schicksale nicht allein zu überlassen; er langte wenig Minuten nach ihm an, stieg ab, und fand ihn unter dem dichten Haufen, bei dem schwarzen marmornen Denkmal stehen. Ein Gelehrter aus der nah gelegenen großen Stadt, den das Gerücht von dem Mirakel auch herbeigezogen hatte, hatte sich zu ihm gesellt, und erklärte ihm weitläufig, dass die Feuchtigkeit, welche von den weinenden Steinen herabtroff, keineswegs etwas Übernatürliches sei, und sich sehr leicht aus diesen und diesen Ursachen herleiten lasse.

Demonstrationen dieser Art, sagt der erste Erzähler dieses Märchens, sind der ungläubigen Jugend jederzeit willkommen. Der Prinz horchte, und lachte dazwischen über die Hirngespinste, die sich seine Urahnfrau machte. Auch der Herr von Rosenberg war unaufmerksam, doch enthielt er sich jeder unvorsichtiger Äußerung, wie er denn überhaupt ein edler bescheidner Mann war, der auch aus diesem Grunde die Hand der stillen Bertha verdiente. Als der Demonstrator nichts mehr zu sagen hatte, und man doch hier nichts weiter sah, als eine gaffende Menge und herabfallende Tropfen eines feuchten Gewölbes, da entschloss man sich, zurück zu reiten. Herr Heinrich schlug dem Prinzen vor, die Pferde zu wechseln, aber dieser nahm das als Beschimpfung an. Er gestand ein, dass ihm das tolle Tier im Herüberreuten viel Not gemacht und mehrmals mit dem Sturze bedroht habe, aber dass die starken nervigen Arme des Ritters Rosenberg es besser würden zu regieren wissen als die Seinigen, das wollte er nicht erkennen. Er ließ sein Taschentuch ein gutes Teil von dem sogenannten Todesschweiß des Leichensteins einfangen, und steckte es zu obgemeldeten Vorhaben zu sich, verließ dann mit seinem Gefährten die Kirche, und schwang sich auf das Roß, das bisher geduldig unter der Hut einiger Bauern vor der Pforte gestanden hatte, aber nun, so wie es seine Last fühlte, sein Rasen von Neuem begann, sodass dem, der es sah, wie vielmehr dem Reuter, die Haare zu Berge standen, und jedem der Sturz unvermeidlich schien.

Der Herr von Rosenberg verlor den unglücklichen Jüngling, so schnell er ihm auch folgte, bald aus den Augen. Mit Gefahr selbst zu stürzen, stieß er sein eignes Roß unaufhörlich an, um dem unsinnigen Fluge so nah als möglich zu bleiben. Auf Augenblicke sah er den Prinzen in der Ferne wieder, der immer im nächsten wieder am Horizonte verschwand. – Die fürstliche Burg war jetzt nahe, Rosenberg sah den Prinzen nicht mehr, eine Viertelstunde vor ihm, war er bereits bügellos in den Schlosshof gejagt gekommen, der Zügel war nicht mehr in seinen Händen: Er hielt sich nur noch an der Mähne fest. Man sah seine Gefahr und eilte ihm zu Hilfe zu kommen, aber ach, zu spät! Ehe man sich ihm nur zu nähern vermochte, hatte ihn schon das Unglücksross, das bald darauf zu Boden fiel, und den letzten Hauch ausblies, abgeworfen: Der Unfall geschah dicht an der großen Stiege. Man hub den armen Jüngling auf, der, so erschüttert er auch war, doch noch begehrte, hinaufgeleitet zu werden. Es war Unmöglichkeit; ein Strom von Blut stürzte aus seinem Munde. Rosenberg kam zu diesem kläglichen Schauspiele. Er fasste seinen fürstlichen Freund in seine Arme, der sich schwächlich an ihn lehnte, und ihn versicherte, es habe nichts zu bedeuten, und werde bald vorüber sein. Leite mich nur hinauf, setzte er lallend hinzu, denn ich werde nicht sterben, man soll nicht sagen, dass der Schweiß des Leichensteines auf mich gedeutet habe!

Man sagt, der unglückliche junge Prinz habe wirklich noch Kraft gehabt, diesen Weg an Rosenbergs Arme zurückzulegen, aber Kraft die vereinten Folgen von tödlicher Erhitzung und dem gewaltsamen Sturz zu überstehen, hatte er nicht. Er starb noch am nämlichen Tage in den Armen einer verzweifelnden Familie, die den jungen Wüstling liebte, wie er war, und mit ihm alles verloren zu haben glaubte.

Dieses war die tragische Geschichte, die man, ob sie gleich vielleicht bloß die Folge jugendlicher Unbesonnenheit war, auf die Rechnung der rosenbergischen Matrone schrieb; was pflegt man nicht alles herbeizuziehen, um die Fehler der Fürsten zu entschuldigen! Inwieweit Berthens Name mit hinein verflochten war, das war damals niemand bekannt als dem Herrn von Rosenberg, dem der verstorbene Prinz zuweilen etwas von seinen Träumen gesagt hatte; erst lang nachher ist diese Sage ausgekommen, und man hat sie genutzt, der weißen Frau, unter andern gehässigen Namen, den Namen einer unglücklichen Heiratsstifterin zu geben. Wir unsers Teils, die diese Dame am liebsten nach ihren eigenen schriftlich von sich hinterlassenen Zeugnissen, die wir dem Leser mitgeteilt haben, zu beurteilen pflegen, erklären, dass wir sie solcher Tücke für unfähig halten, und wenden uns wieder zu ihrer Favoritin, dem Fräulein von Neuhaus, das auf dem Schlosse des alten Barons das gewohnte stille Leben fortsetzte, ohne sich durch etwas beunruhigen zu lassen, als durch die daurenden Liebesverfolgungen des Herrn von Rosenberg, der sich bald schriftlich bald durch den Mund des Oheims an sie wandte, um sie von der endlosen Trauer um den Verblichenen, zu einer neuen Verbindung zu bereden.

Es war in der Tat schon bald jährig, dass sie ihren Geliebten verlor, und der Ausdruck, endlose Trauer war also wirklich recht wohl angebracht. Ach, die treue Bertha würde ihren Bräutigam wohl bis ans Ende ihres Lebens beweint haben, hätte man ihr Freiheit dazu gönnen wollen, und hätte sich nicht das Schicksal eingemischt und ihrem Herzen anfangs Mitleid, und denn bald eine noch zärtlichere Empfindung aufgenötigt, die so gern aus inniger Teilnehmung an des Andern Kummer erwächst.

Der Prinz von B ... war tot, und wurde als ein vornehmer Verwandter, wie sichs geziemt, von dem rosenbergischen Hause betrauert; aber es ließ sich an, als sollte man bald noch eine Trauer bekommen. Herr Heinrich von Rosenberg hatte in den beiden forcierten Märschen, die er wenig Stunden hintereinander, seinem fürstlichen Freunde zuliebe unternahm, seine eigene Gesundheit wenig in acht genommen. Die Ritter konnten damals schon weniger ausstehen, als die Helden einiger frühern Jahrhunderte und Rosenberg lag sehr gefährlich an den Folgen der tödlichen Erhitzung. Fräulein Bertha erhielt die Nachricht von seiner Krankheit, aber die Ursachen derselben erfuhr sie nicht; da sie nun kurz zuvor, ein höchst lamentables Schreiben von ihm erhalten hatte, in welchem die Worte, Grab und Tod, nicht gespart waren, so glaubte sie aufrichtig – wie denn die Mädchen in solchen Stücken starkgläubig sind, – sollte Herr Heinrich sterben, so sei sie seine Mörderin. In dem Schmerz und den Gewissensbissen, die ihr dieser Wahn verursachte, tat sie das Gelübde auf den Fall seiner Genesung, die sie inbrünstig vom Himmel erflehte, nicht ferner die Grausame zu spielen, sondern zu dem, was er wünschte, und der Oheim befahl, ja zu sagen. –

Sie hatte dieses Gelübde so laut getan, dass man sie beim Worte halten konnte, und es war um die Zeit des österlichen Familienbesuchs, da Herr Heinrich von Rosenberg, völlig wiederhergestellt, eintraf, ihre Hand aus der Hand des Barons zu empfangen.

Das fehlte noch, sie der alten Einwohnerin dieser Mauern, der weißen Frau, lieb und teuer zu machen! Auf Schloss Neuhaus war sie geboren, hier hatte sie den deutungsvollen Namen Bertha empfangen, hier hatte sie den größten Verlust eines zärtlichen Mädchens, den Verlust ihres Bräutigams erlitten, das wichtigste Jahr ihres jungfräulichen Lebens verlebt, nun sollte sie auch hier ein Bündnis treffen, das – es mochte nun mit dem Prinzen von B ... auch Bewandtnisse gehabt haben, welche es wollte – doch wenigstens jetzt mit dem vollen Beifall ihrer geistigen Patronin beehrt ward.

Sie gab sichtliche Zeichen ihres Wohlgefallens von sich. Es ist bekannt, dass dieses gute hauswirtliche Gespenst, seine Geschäftigkeit nicht bloß bei bevorstehenden Trauerfällen zeigt, um etwa die Leichentücher aus den verschlossenen Truhen zu holen, oder die Lichter beim Sarge im Voraus zu ordnen; nein, ist in den ihnen verwandten Häusern Hochzeit oder Kindtaufen vor der Tür, so gibt es den nämlichen Lärmen mit Schlössern und Schlüsseln. Die fleißige Hausfrau hat mächtig zu tun, das silberne Tafelgeschirr herauszugeben, und das köstliche Leinengerät auszubreiten. Findet sich denn etwa eine vorwitzige Wirtschafterin im Schlosse, die für die ihrer Hut anbefohlnen Kostbarkeiten unnötig besorgt, der rosenbergischen Matrone Hindernis in ihre Geschäfte bringen will, so kommt es nicht selten zu Tätigkeiten, da freilich die Sterbliche allemal die Schwächere ist, und wohl gar mit dem Leben bezahlen muss.

Wie Frau Bertha es allemal zu treiben pflegt, wenn Hochzeit in der Familie ist, so auch hier; nur machte sie das Ding so arg, dass man fast keinen Schritt auf Treppen oder Sälen tun konnte, ohne Furcht ihr zu begegnen. Nur der jungen Braut begegnete sie nie; das war die Folge ihres getanen Versprechens dem sie als eine wahre Edeldame treu blieb. Es gab Personen, welche dem Fräulein raten wollten, ihr gutwillig zu gefallen zu gehen, und dieses aus folgender Ursach:

Außer den bekannten goldnen und silbernen Pokalen, Schüsseln und Kannen des Schlosses, sah man auch oft, dass sie sich mit Gefäßen von ungeheurer Große und seltner Kostbarkeit trug, die niemand je zuvor gesehen hatte, und deren einige sogar mit alten Talern gefüllt waren bis oben an; man urteilte nicht uneben, dies könnten Hochzeitgeschenke für die Braut sein, wenn sie nur gleich bei der Hand war, sie aus den Händen ihrer Patronin zu empfangen; aber Bertha hätte nicht aller Welt Gut um den Preis genommen, ihre ehemalige Gesellschafterin nur noch einmal zu sehen, auch war ihr Bräutigam, der so wenig als sie einen Hang zum Geiz hatte, sehr wider ein solches Wagnis um schnöden Gewinsts willen. Indessen schreibt sich von diesen Zeiten noch die Sage von einem großen Schatze her, der zu Schloss Neuhaus dem glücklichen Finder aufbehalten wird, und dessen Hüterin die weiße Frau ist. Wer sie in der Abend- und Morgendämmerung auf den verfallenen Türmen der alten Burg, wie ein wachsendes Gespenst hervorkommen sieht, und Mut genug hat, hineinzugehen, und ihr auf den morschen Treppen nachzusteigen, der wird mit einigen möglichen Bedingungen die Schätze heben, die damals vielleicht der geliebten Bertha zugedacht waren.

Sie erhielt nichts davon, weil sie nicht so viel Herz besaß, es aus der Hand der gespenstischen Matrone zu nehmen; nicht einmal ein Patengeschenk bekam sie, als sie auf Schloss Neuhaus, wo sie mit ihrem Gemahl dem alten Baron zuliebe ein ganzes Jahr hauste, ihr erstes Herrlein gebar. Aber sehr geschäftig war die weiße Frau in der Wochenstube, wenn die Kindbetterin schlief. –

Den kleinen Peter von Rosenberg – so nannte ihn Bertha nach ihrem ersten Geliebten, – sah man mehrmals auf ihren Armen, auch wusste sie das Recht der Verwandtschaft an das Kind sehr nachdrücklich zu verteidigen, als ihr einst die Wärterin dasselbe kühnlich entreißen wollte; doch fühlte sie sich durch diese Unhöflichkeit so beleidigt, dass sie nachher nicht wieder erschien, und sich begnügte, ihre Geliebten unsichtbarerweise in Obacht zu halten. Heutzutage sind obbenannte neuhausischen Türme, das Schloss zu Hannover und die Zimmer des königlichen Schlosses hinter dem Rittersaal die Hauptgegenden, wo sie sich eignet; die Verbindungen mit andern Häusern sind nach und nach zu zahlreich geworden, als dass sie sich, so wie sie sonst gewohnt war, überall zeigen könnte, wo sie verschwägert ist.